# CATALOGUE

D'UNE JOLIE COLLECTION

# D'OBJETS D'ART

## ET DE CURIOSITÉ

Coupes et Vases en cristal de roche, en agate orientale, etc.;
Tabatières et Bonbonnières des époques Louis XIV et Louis XV;
Bijoux anciens; Camées par Berini; Orfèvrerie;
Miniatures; Sculptures en bois et en ivoire; Émaux cloisonnés; Laques;
BELLE BOITE DU TEMPS DE LOUIS XIV EN MARQUETERIE DE BOULLE;
Coupe et Soelen en serpentin d'Égypte;
Bronzes d'Art; Miroirs avec cadres en bois d'ébène et bronze doré
PORTANT LE CHIFFRE DE HENRI IV;
Armoire vitrée en bois noir et filets de cuivre;
Objets variés.

## COMPOSANT LE CABINET DE M***

ET DONT LA VENTE AURA LIEU

# HOTEL DROUOT, SALLE N° 5

## Le Lundi 30 Avril 1866

À UNE HEURE ET DEMIE

---

Par le ministère de Me **CHARLES PILLET**, Commissaire-Priseur,
rue de Choiseul, 11,

ASSISTÉ DE

M. CHARLES **MANNHEIM**, Expert, 10, rue de la Paix,

---

## EXPOSITION PUBLIQUE

Le *Dimanche* 29 *Avril* 1866, *de une heure à cinq heures.*

# CONDITIONS DE LA VENTE

Elle sera faite au comptant.

Les adjudicataires payeront *cinq pour cent* en sus des enchères.

L'exposition mettant le public à même de se rendre compte de l'état des objets, il ne sera admis aucune réclamation une fois l'adjudication prononcée.

Paris. — Imp. de Pillet fils aîné, rue des Grands Augustins 5.

# DÉSIGNATION
# DES OBJETS

## Tabatières et Bonbonnières

1 — Bonbonnière en cristal de roche, de forme contournée taillée à cuvette et montée à gorge à charnière en or. Époque Louis XV.

2 — Boîte de forme contournée en jaspe sanguin taillée à cuvette et montée à gorge à charnière en or, avec bec orné de rubis. Époque Louis XV.

3 — Petite boîte de forme ovale, en agate orientale, montée à pilastres et à ornements, dans le style de De Beshes, en or repoussé. Époque Louis XV.

4 — Bonbonnière ronde émaillée gros bleu, à étoiles d'or et montée à cordons en or ciselé et gravé. Elle est doublée en or, et son couvercle est orné d'une miniature peinte en grisaille : Offrande à l'Amitié. Époque Louis XVI.

5 — Boîte de forme oblongue, en ancien laque du Japon à fleurs et fruits en relief, sur fond noir, et montée à cage en or. Époque Louis XVI.

6 — Boîte ronde en vernis de Martin, fond rouge ; son couvercle est décoré d'un sujet de personnages : la Marchande de fruits. Époque Louis XV.

7 — Autre boîte en vernis de Martin, fond rouge à décor d'or ; son couvercle est orné d'un médaillon peint en couleurs : la Bonne Mère.

8 — Boîte de forme contournée en ivoire, montée à gorge à charnière en argent doré. Son couvercle présente le sujet du jugement de Pâris, sculpté en haut-relief. Époque Louis XV.

9 — Boîte de forme carrée en caillou d'Égypte, montée à cage et à gorge à charnière en or. Époque Louis XVI.

10 — Boîte ronde en écaille enrichie d'ornements en posé or et montée à gorge à charnière en vermeil. Époque Louis XV.

11 — Boîte ronde en racine de buis, ornée d'une miniature sur ivoire, représentant un portrait de jeune femme.

12 — Boîte de forme carrée et plate en dent d'éléphant montée à cage en argent ciselé.

13 — Boîte de forme ovale en cuivre doré entièrement couverte d'une mosaïque de pierres fausses représentant des fleurs. Le fond de la boîte est gravé à ornements. Travail chinois.

14 — Boîte de forme carré long en écaille, doublée en or. Son couvercle est orné d'une peinture sur émail, représentant un portrait de femme en costume du temps de Louis XIV, monté dans un cadre à réverbère en or ciselé, et filet d'émail bleu.

# Matières précieuses et Bijoux.

15 — Cristal de roche. — Jolie coupe de forme ovale à lobes, enrichie d'ornements gravés en creux et garnie de deux anses en forme d'S à perles en relief. Elle repose sur un balustre monté en vermeil. XVIᵉ SIÈCLE.

16 — Cristal de roche. — Petit vase de forme ovoïde, très-bien évidé, enrichi d'oiseaux finement gravés en creux. Il repose sur un piédouche de même travail, et la garniture est en argent gravé et doré. XVIᵉ SIÈCLE.

17 — Cristal de roche. — Petit vase de forme ovoïde aplatie, taillé à godrons et monté en vermeil.

18 — **Cristal de roche.** — Grand et beau flacon plat, garni d'un bouchon en or gravé. Époque Louis XVI.

19 — **Cristal de roche.** — Figurine de Chinoise debout tenant un rouleau. Sur socle en bois sculpté. Travail chinois.

20 — **Agate orientale.** — Grande et belle coupe de forme ovale, très-bien évidée, montée sur piédouche et à anses, têtes de béliers en vermeil. Long. 20 cent. larg. 14 cent.

21 — **Agate orientale.** — Deux petites coupes rondes, et leurs plateaux, montées à anses et garnies en vermeil.

22 — **Cornaline veinée de blanc.** — Coupe ovale, montée sur quatre pieds et à anses en bronze doré.

23 — **Jade gris.** — Petite coupe ronde à pans, garnie de deux anses à dragons découpés à jour et pris dans la masse. Travail chinois.

24 — **Jade gris.** — Deux groupes de deux animaux couchés. Travail chinois.

25 — **Jaspe tigré.** — Coffret de forme carrée, monté en cuivre doré.

26 — Beau couteau fermant à deux lames, en or ciselé et à fleurs émaillées bleu. Époque Louis XV.

27 — Montre Louis XVI à double boîte, en or émaillé gros bleu à ornements gravés réservés et à médaillon de personnages, peint en grisaille sur fond brun.

28 — Petite croix en cristal de roche, garnie en or émaillé et enrichie de perles fines xvi$^e$ siècle.

29 — Étui du temps de Louis XV, en or ciselé à fleurs et ornements.

30 — Étui du temps de Louis XVI, en or émaillé gros bleu et figures en couleurs.

31 — Souvenir du temps de Louis XVI en ivoire, monté en or ciselé et enrichi de deux médaillons en laque du Japon, fond noir et décor d'or.

32 — Étui en forme d'œuf, en écaille, à fleurs et oiseaux en posé or. Gorge à charnière en or. Époque Louis XV.

33 — Talisman turc, gravé sur cornaline et monté en cassolette en or émaillé.

34 — Deux plaques de bracelets, ornées de miniatures peintes en grisaille et montées dans des encadrements en or émaillé gros bleu et filets blancs. Époque Louis XVI.

35. — Camée ovale portant la signature de BERINI sur agathe à deux couches. — Buste de saint Antoine. Tête blanche sur fond noir.

36 — Camée analogue à celui qui précède. — Saint-Jean-Baptiste.

37 — Deux camées. — Têtes d'empereurs romains en jaspe sanguin.

38 — Calcédoine à deux couches. — Camée. — Tête de Galba, monté dans un cadre en or gravé.

39 — Étui en galuchat contenant deux petits flacons montés en or repoussé. Époque Louis XV.

40. — Deux porte-plumes, l'un en jaspe et l'autre émaillé gros bleu; le premier est monté en or et rubis, le second est monté en or émaillé à fleurs.

41 — Cuiller, couteau et fourchettes à manches en ivoire sculpté à sujets de chasse. Le cuilleron est en vermeil.

42 — Petit vase à couvercle en laque du Japon aventuriné et décor d'or en relief.

43 — Petite boîte ronde en laque d'or du Japon, décorée de branches de pin.

44 — Pendule mignonette et deux petits vases à couvercles en argent doré enrichis de pierreries.

45 — Deux pièces. — Cachet Louis XV en or enrichi d'une intaille sur cornaline, représentant un buste d'homme barbu, et cachet en écaille incrustée d'or et monté en or.

46 — Belle topaze taillée à degrés.

47 — Jolie clef en fer à ornements découpés à jour. Époque Louis XIII.

48 — Deux pièces. — Bracelet en argent oxidé, orné de grenats et cachet tournant, en argent gravé à blason et paysage.

49 — Très-jolie trousse de médecin en laque d'or, à figures en relief dont les faces sont en ivoire. Ouvrage japonais.

50 — Deux écrans en jade vert à ornements découpés à jour
et fleurs et animaux sculptés en relief. Monture en bois
sculpté.

51 — Neuf cachets en pierre de lard.

# Orfèvrerie

52 — Vidrecome en argent repoussé à fleurs et rinceaux, et
rehaussé de parties dorées. Époque Louis XIII.

53 — Joli gobelet à couvercle en argent doré, à frise ornée de
rinceaux gravés et à godrons repoussés. Il repose sur trois
boules.

54 — Gobelet en argent repoussé et doré à fleurs et ornements
et enrichi de médailles de Louis XV, incrustées.

55 — Gobelet en argent doré enrichi de médailles incrustées.

56 — Cuiller en argent doré à manche découpé à jour sur-
monté d'une figurine.

57 — Quatre salières en argent repoussé à figures et guir-
landes de fleurs. Époque Louis XVI.

58 — Petite boîte ronde en argent repoussé à fleurs et animaux, avec chaîne-gourmette en argent. Travail chinois.

59 — Deux pièces : Porte-cartes et boussole en argent gravé et doré.

60 — Coffre à couvercle bombé en filigrane d'argent de Gênes.

# Miniatures & Émaux

61 — Miniature ovale sur ivoire. Portrait de femme, signé Arlaud.

62 — Miniature ovale sur ivoire, portrait de femme en costume Louis XV, et tenant une corbeille de fleurs.

63 — Miniature sur ivoire, par Arlaud. Portrait de jeune femme.

64 — Miniature ovale sur ivoire. Portrait de femme en costume Louis XVI.

65 — Miniature carrée sur ivoire ; portrait de femme monté dans un médaillon.

66 — Miniature ronde sur ivoire: le Cuvier. Cadre en bronze
doré.

67 — Miniature ronde: Moine et Soldat. Cadre en bronze
doré.

68 — Jolie peinture sur émail, du temps de Louis XV. Per-
sonnage costumé à l'oriental et fumant. Cadre à réverbère
en or.

69 — Miniature sur vélin. Paysage avec figures en costumes
Louis XIII. Cadre en cuivre doré.

70 — Joli fixé. Scène de famille russe.

71 — Portrait d'Homère peint à l'imitation d'un camée, par
Degault.

# Sculptures

72 — Ivoire. — Petite figurine d'enfant, assis sur une tête de
mort et soufflant des bulles de savon. Travail ancien dans
le style de François Flamand.

73 — Ivoire. — Figurine de saint Jean enfant, tenant la croix
de la main gauche et placé debout sur une sphère présentant en bas-relief un sujet allégorique ; dans le socle se
trouve un mouvement de montre, avec cadran gravé sur
argent.

74 — Ivoire. — Figurine de Bacchus jeune debout.

75 — Bois. — Deux Jolis médaillons ovales présentant en
haut-relief les bustes de Renaud et Armide. Beau travail
du temps de Louis XIV; dans des cadres en bronze doré.

76 — Ivoire. — Deux écrans sculptés en haut-relief et représentant des paysages avec figures; montures en bois. Travail chinois.

77 — Ivoire. — Corbeille de forme contournée, finement
sculptée à figures et paysages et découpés à jour. Travail
chinois.

78 — Ivoire. — Jeu d'échecs à figures finement sculptées en
ivoire blanc et teint en rouge. Travail chinois.

79 — Ivoire. — Quatre petits groupes et figurines finement
sculptés. Travail japonais.

80 — Ivoire. — Trois pièces: Porte-cartes, étui et boite à je-
tons, sculptés à figures et paysages.

81 — Nacre — Deux petites plaques de forme carré long;
représentant la Nuit et le Jour. Ces sujets sont finement
gravés au burin.

# Émaux de la Chine

82 — Très-jolie petite cassolette de forme surbaissée, en
émail cloisonné à fleurs de couleurs sur fond bleu turquoise. Elle est garnie de deux anses à dragons et ses

pieds sont formés de têtes d'animaux chimériques, en bronze doré. Socle et couvercle en émail cloisonné, enrichis d'ornements en bronze. Belle qualité ancienne.

83 — Boîte de forme carrée en émail cloisonné, à fleurs et ornements en couleurs sur fond bleu turquoise.

84 — Deux petites boîtes de forme lenticulaire, de même qualité que la pièce qui précède.

85 — Petit plateau rond présentant à son centre un petit vase en forme de gourde, en émail cloisonné à fleurs et à ornements, sur fond bleu turquoise.

86 — Petite coupe ronde décorée intérieurement et extérieurement de fleurs émaillées en couleurs sur fond blanc. Qualité très-ancienne.

87 — Théière et deux petits vases en émail de Chine, décorés de fleurs ; la théière est fond jaune, et les vases sont fond bleu.

# Porcelaines & Objets variés

88 — Beau vase en ancien céladon vert d'eau, à côtes, richement monté en bronze doré à anses à dragons, galerie à jour et piédouche.

89 — Deux jolis vases modèle balustre à couvercle en ancienne porcelaine de Chine, décorés de fleurs émaillées en couleurs sur fond blanc.

90 — Deux jardinières modèle carré en porcelaine de Chine,
à décor de fleurs et ornements émaillés en couleurs.

91 — Deux petits vases en porcelaine gros bleu, montés à
anses en bronze doré, de style rocaille.

92 — Deux petits candélabres en bronze doré de style rocaille
à trois lumières, enrichis de figurines et de fleurs en ancienne porcelaine de Saxe.

93 — Jolie tasse avec soucoupe en ancienne porcelaine de
Chine, à ornements découpés à jour et décorée de figures
émaillées en couleurs.

94 — Tasse avec soucoupe en porcelaine tendre, fond bleu de
Roi, à médaillon représentant le buste de Louis XIV, et
enrichie de pois d'émail blanc en relief et d'ornements
dorés.

95 — Ecritoire composée de tasses et soucoupes en ancienne
porcelaine du Japon, montée en bronze doré.

96 — Deux sucriers à couvercles, en porcelaine tendre fond
bleu turquoise, et médaillons d'amours et de fleurs. Ils sont
montés en bronze doré.

97 — Jolie coupe ronde sur piédouche et sur socle en serpentin d'Egypte, montée en bronze doré.

98 — Deux seaux à rafraîchir en bronze doré, à figures en relief, représentant le triomphe de Diane et Amphitrite.

99 — Petite pendule de voyage en bronze doré du temps de Louis XVI, avec mouvement à répétition et sonnerie.

100 — Brûle-parfum formé d'une figure d'homme debout et dansant sur un animal fantastique. Bronze chinois.

101 — Deux jolis cornets en bronze enrichis d'ornements en relief et dorés en partie. Travail chinois.

102 — Deux flambeaux et deux petits cornets en bronze. Ouvrage japonais.

103 — Belle boîte à ouvrage, du temps de Louis XIV, en marqueterie de Boule, écaille et cuivre, enrichie d'ornements en bronze doré.

104 — Cassolette reposant sur trois pieds droits en bronze à ornements en relief. Travail chinois.

105 — Deux brûle-parfums en bronze formés d'animaux couchés. Travail chinois.

106 — Coupe ronde en porcelaine craquelée de la Chine, fond vert d'eau et montée en bronze doré.

107 — Deux figurines en bronze: Mercure et Vénus debout.

108 — Deux jolis miroirs à biseaux, en bois d'ébène à moulures et ornements en bronze doré. Ils portent le chiffre de Henri IV, et sont surmontés d'un blason de cardinal.

109 — Deux beaux socles de forme carrée en serpentin d'Égypte, avec moulures et ornements en bronze ciselé et doré. Époque Louis XVI.

110 — Armoire en bois noir incrusté de filets de cuivre, à porte et côtés vitrés et fond de glace. Larg. 1 mèt. 18 cent.

# RED. :

19

**MIRE ISO N° 1**
NF Z 43-007
**AFNOR**
Cedex 7 - 92080 PARIS-LA-DÉFENSE

graphicom

0 1 2 3 4 5 6 7 8 9 10